杣人《そまびと》

鏑木 隼人
Kaburagi Hayato

文芸社

杣人

目次

一　三越峠

杣人《そまびと》は朝が早い。遥か大塔の峰々に朝靄《あさもや》がたちこめ、樅《もみ》や檜、杉などが鬱蒼と生い茂る岩神の峠に、黎明の淡い薄日がさし始めた頃、ひと仕事を終えた源太は家路についた。夜露に濡れた苔《こけ》や羊歯《しだ》をかき分けながら、三越峠《みこしとうげ》へ向かう坂道に差しかかった源太の数間先、藪の中に何か白いものが見える。近づいて見ると、それは息も絶え絶えに横たわる旅装束のうら若い女であった。

傍らには、無造作に脱ぎ捨てられたと思われる市女笠《いちめがさ》が転がっている。手《てっ》甲《こう》・脚絆《きゃはん》をつけ、汗と泥にまみれてほころびも痛々しい壺装束《つぼしょうぞく》は、どう見ても土地の女ではない。人品骨柄卑しからぬ容姿は都人、恐らくは京の都の女院中宮に仕える内侍《ないし》（女官）あたりであろうか。熊野詣での長旅に加わり、名にし負う中辺路《なかへじ》の険路で、精も根も尽き果てて行き倒れになり、往時のしきたりに従って、僅かばかりの水と干し飯《いい》を与えられ、供の者が後で必ず迎えに来るからと言い残して、置き去りにされたものと思われた。

「これ旅のお方、どうしなさった。こんなところにいては体に毒じゃ。それに、この辺りには熊や狼もうろついていて危ない。たいそうお疲れの様やから、わしのあばら家に来て貰うて休んでもらおうか」

と言いながら、源太は口も利けない程に衰弱した女人を抱き起こし、背に負うと峠の奥深い山裾にあるわが家へ戻った。

朝餉《あさげ》の支度をしていた母親のイトは、時ならぬ女人の客に驚きながらも、息子に言われるまま囲炉裏の側に床をのべ、熱い白湯《さゆ》を与え女を寝かせた。女は昏々《こんこん》と一昼夜眠り続け、翌日の朝うっすらと目を覚ました。起き上がろうとする女を押しとどめながら、

「おう、お目が覚めなさったか。気分はようなったかいのう。少し熱もある様じゃから、気遣いなしに遠慮せんでええから体ようなるまで、ゆっくり休んで貰うてええんよ。うちは息子と二人暮らしやから、何もないが、何時までいて貰うてもええから。息子は山に出て行ったが、じきに戻って来よう。戻って来たら、一緒に熱い茶粥を食べましょうか。きっと元気になるよ」

と言うイトの優しい言葉に涙ぐみながら、漸く生気を取り戻した女は、

「こちら様には、危うく命を落とすところをお助け頂き、お礼の言葉も御座いません。ご子息様にお会いしていなかったらと思うと、身も凍る思いが致します。熊野詣での道すがら、不覚にも倒れました頼子と申します。本当に有難う御座いました」

と、弱々しい声ながら自らの名を名乗り、丁重にお礼の言葉を述べた。
イトは頼子の雅《みや》びな都言葉を聞きながら、さだめし高貴な身分の女であろうと思い、長旅の疲れにやつれてはいるが、臈《ろう》たけた頼子の容姿に見惚れ、美しい京女の顔をまじまじと見つめた。

頼子が生まれて初めて口にした茶粥は、番茶で色だしをしたお湯に少量の米と麦を入れ粟や黍《きび》などの雑穀を加え、里芋、ムカゴ（山芋の蔓につく実）などを混ぜ入れた熊野独特の素朴な常食である。この朝、イトが心をこめて炊きあげた熱い茶粥は、行き倒れの眠りから覚めた頼子には、生き返る様な心地のする天下の美味であった。イトのすすめに甘えてお代わりまでした頼子は、熱い命の糧《かて》をすすりながら、源太母子の優しい心根に感謝し、私は生きている、生きて行かなくては、という思いを新たにするのだった。

二　峠の春

峠に春がやって来た。文治二年、二月半ば、後白河法皇に同道した八条院つきの内侍として熊野詣での一行に加わり、本宮《ほんぐう》を目の前にした中辺路の難路で倒れ、千丈山の杣人・源太母子のもとで養生することとなった頼子は、源太と母・イトの肉親も及ばない様な手厚い介護の甲斐あって、熊野の奥深い山里にめぐって来た春の息吹に符節を合わせる様に病の床を離れた。日中は野良仕事に家をあけるイトの留守を守り、家事を手伝うまでに快復したのである。

谷あいの鶯が春の訪れを告げ、山にはタラの芽をはじめ、蕨《わらび》やゼンマイ、蕗《ふき》のとうやゴンパチ（イタドリ）、ウドなどが所狭しとばかりに群生し、イトのお供をして山菜摘みに時を忘れることもあった。そんな山の幸を夕餉のお膳に添えて、早春の味覚を楽しむのどかな日々が続いた。

革袴をつけ、猪皮の靴を履いた千丈山の杣人・源太は、ウチガイという細長い木綿の包みに入れたイト心づくしのワッパ弁当（檜または杉の薄板を曲げて丸くし、合わせ目を桜の木の皮でとめ、底板をつけ蓋ができる様になった楕円形の弁当箱）を肩へ斜めにかけ、ヨキ（斧《おの》）と鉈《なた》一本という出立ちで山に入るのだ。アカガシやウラジロガシなどの林立する、昼なお暗い原生林を渡り歩き、樅《もみ》や栂《つが》・檜・杉などの巨木を伐採したり、間伐に枝を払うなど、長い年月にわたり先人が守って来た豊かな森の保守に汗を流す毎日であった。

山仕事の合間には、常緑の照葉樹林に生息する狼や熊、鹿、猪などに行き合うことがあり、護身用に持ち歩いた弓矢などで狩りをすることもあった。奥山に住む源太母子にとって、たまに仕留める獲物は貴重な蛋白源でもあったのだ。源太は杣人を本業とする猟師でもあった。杣人・源太にとって、熊野の森は巨木と豊かな動植物に恵まれた聖域であったのだ。

イトと頼子の仲睦まじい山菜摘みの姿を垣間見た口さがない村人の間に、源太は別嬪の嫁を貰うた様じゃという噂が立ち始めた。そんな或る日、夕餉の膳についた源太母子に居ずまいを正した頼子は両手をついて、

「私の様な者を親身にご介抱頂き、お礼の言葉も御座いません。お陰様ですっかり元気になりました。今日はおふた方にお願いしたい儀が御座います。不束者《ふつつかもの》では御座いますが、この私を源太様の嫁御にして頂きとう存じます。如何で御座いましょうか」

と言いながら、深々と頭《こうべ》を垂れた。何となく予期していたとはいうものの、

流石《さすが》に驚いたイトは、源太の顔を見やりながら、

「この様な山里暮らしの母子には勿体ない様な有難い話やけれど、貴女様の様な高貴なお方と源太とでは、身分が違い過ぎて罰が当たるんやないかいのう。こんな侘しい山里を気に入ってくれたんかい。あんたさえ良ければ何時までいて貰うてもええんよ。そやけど嫁御となるとねえ。はて、どうしたものかいのう」

「お母様と呼ばせて下さいまし、源太様は私の命の恩人です。弱り果てた私を中辺路の難路に置き去りにする様な、都の宮仕えには何の未練も御座いません。あの日から、私は内侍の身分を捨て、ただの賴子に生まれ変わったのです。お許し頂ければ、源太様の嫁御として恥ずかしくない様、終生あい努めます。どうぞ、この私を源太様の嫁御にして下さいまし。お母様にも実の母様として孝養を積ませて頂きとう存じます」

「このおひとは、こう言うてなさるが、源太、お前はどうじゃ。木を切るし

か他に能のない、お前みたいな無骨な男には勿体ない話ではないか。実をいうと、私も四十を過ぎて近頃では、可愛い孫の顔が見たいと思う様になって来たでのう」

「俺みたいな山男には勿体ない様な美しい人じゃが、これも何かのご縁やと思うて、この人さえよければ、喜んで嫁御に貰いたい。かがさん（お母さん）に孝行もしたい」

というやり取りのあと、源太は頼子を嫁として迎えることとなった。

内輪だけの質素な祝言がとり行われ、かための杯が交わされて、京の内侍・頼子は晴れて熊野の杣人・源太の嫁となった。源太・二十三歳、頼子・二十一歳の春であった。夫婦《めおと》となってからは頼子という都風の名前は「ヨリ」という鄙びた呼び名で呼ぶことになり、頼子は源太のことを、いとおしさと親しみをこめて「源様」と呼んだ。

三　山祭り

夏が過ぎ山々の紅葉が散り始めると、山仕事を生業《なりわい》とする源太たちには欠かせない山祭りの日がやって来る。十一月七日がその日であった。山の神を祀《まつ》る祠《ほこら》のない三越峠の山里では、源太たち杣人の作小屋を祭壇として掃き清め、榊《さかき》や御幣《ごへい》を立てて、しめ縄を張り祭場とした。そこに大きなぼた餅や御《お》神酒《みき》と魚などの供物を供えるのである。

山深い里のこととて、普段は滅多に顔を合わせることもない峠の老若男女が、てんでに手料理や供物を持ち寄って、峠の中腹にある祭場に集まって来た。

源太にとって、今年の山祭りには特別の意味があった。新妻のヨリを杣人仲間や里の村人達に紹介する日と心に決めていたのだ。

新妻のヨリと母のイトが腕によりをかけて作った特大のぼた餅と、この日のために特別に手に入れた山の神の好物・オコゼを携えて、祭場にやって来た源太一家を迎えて、ひと際大きな歓声と拍手がわき起こった。

並み居る氏子の中で、野良着姿に身を包んだヨリの美貌と清楚な容姿は、村人の目を引き賛嘆の的であった。小袖に単《ひとえ》、ウチキに腰帯といった都の装束を脱ぎ捨て、頭には手拭いをかぶり、髪は無造作に後ろへ下げて束ね、襦袢に幅広の腰巻風の前垂れを引き回しただけの山里の女と同じ装いなのだが、すっかり板に付いた風情に祭りに集まった男も女もため息をついた。

ご祈禱が済み酒宴が始まると、車座になった村人たちが山の幸の豊穣《ほうじょう》を祈って酒を酌み交わした。

一年に一度の楽しい団欒に秋の夜長を楽しむ素朴な人たちには、華やかに着飾り、取りすました都人にはない大らかなぬくもりがあった。

源太の紹介で、山祭りの一員として認められたヨリは、頰を紅潮させながら一同に酌をしてまわった。男衆は異口同音に、

「源太はええ嫁さん貰うた。しやわせ（幸せ）もんじゃ、大事にせなあかんで。おかん（お母さん）も嬉しかろう。あとは、かいらしい（可愛らしい）孫が生まれて来るのが楽しみじゃのう」

と、はやした。

源太は照れながらも、ヨリが山里の嫁の一人として認められた嬉しさと、ヨリの美貌が自他ともに認めるところとなった面映さもあり、日焼けした頰をいつになく紅潮させせた。

一方、都の軟弱な公家衆を見飽きたヨリにとっては、口にこそ出さないが色浅黒く筋骨逞しい、精悍な顔立ちをした源太がひときわ頼もしく見え、熊野権現のお導きで思わぬ良縁に恵まれた幸運に感謝し、ひそかに合掌した。熊野詣での難行苦行の果てに見捨てられた災いが逆縁《げきえん》となって、虚飾と虚栄に満ちた都の生活から解放されたのだという清々しい実感にひたりながら、ヨリは女の幸せをひしと噛み締めるのだった。

山祭りを境にして、峠には駆け足で冬が近づいて来た。ちらついていた霙《みぞれ》が何時しか雪に変わり、千丈の山並みがうっすらと雪化粧する頃、源太一家も冬支度に追われる毎日であった。

源太はひと冬分の薪《たきぎ》を切り出して来ては納屋に積み上げ、イトは畑の野菜を取り込んで漬け物にしたり、猪や熊の肉などを乾燥して貯蔵するなど、冬を迎えるために長年繰り返し営んで来た勝手仕事に余念がなかった。

イトの冬支度を手伝いながら、ヨリは杣人・源太の妻として、熊野の山深い苫屋《とまや》で初めて迎える冬を思い浮かべた。

四　一本橇

熊野の冬は長くきびしい。千丈山の山裾には尺余の雪が積もり、山小屋の様な源太の住まいは、ひっそりと雪に埋もれた。杣人の山仕事に季節はない。源太は雪の晴れ間を見ては、皆地笠《みなちかさ》に蓑《みの》をまとい、藁《わら》靴にカンジキを履いて峠の林に分け入り、イチイや樅、檜、栂などの伐り出しに出掛けた。伐り出しといっても実際に伐採する訳ではなく、夏の間に伐り出して林の中に積んでおいた材木を、杣人仲間と音無川に近い里まで搬出するのである。

この搬出作業に使われたのが一本橇《いっぽんぞり》という特殊な橇で、現今のジャンプ用スキー板の厚手のもの（幅一尺二寸、長さ九尺、厚さ約二寸）と思えばよい。

分厚い樫の板の前後両端に、階段の手摺位の太さの丸い木の棒が四本V字型に差し込んであり、この前後のV字状の空間に、伐り出しておいた丸太を雪の中から掘り出して積み込むのである。四本の棒の高さ位まで積み終わり、麻縄で固定すると、いよいよ発進である。

数にすると二十本近い丸太を積んだV字型の橇を男一匹、独りで巧みに操りながら雪の斜面を滑り降りる様は豪快そのもの、胸のすく様な妙技である。何しろ幅一尺二寸の厚板一本の上に丸太をV字型に積んだ不安定な橇で、転倒もせず一気に雪の斜面を滑り降りるのは、強靱な体力を必要とする見事な荒技であった。昨今の様に、山奥まで舗装された林道が整備されていなかった往時の、杣人達の生活の知恵といってよい。

里で丸太を積み下ろすと休む暇もなく、今度は何とカラの橇を背負って、一歩一歩踏みしめる様に冬の陽光きらめく雪山を登って林まで戻ると、また丸太を積み込んでは滑り降りるという往復を繰り返すのだ。こうして数十本の材木が里に積み出されると、丸太は筏に組まれて、音無川から道湯川を経て熊野川に合流し、凡そ半日がかりで新宮に出荷されたのである。杣人の仕事は季節を問わない重労働であった。

源太の留守を守るイトとヨリも、冬だからといって無為に安逸をむさぼっていた訳ではない。母屋に隣接した納屋が女達の仕事場であった。藁仕事である。先ず、縄ないから始まり、草鞋《わらじ》、蓑《みの》、筵《むしろ》や、ふんご（農作物を入れて天秤棒で下げる袋）を編んで、自家用以外の分をたつき（生活費）の一部とした。藁仕事の合間には味噌や醤油の仕込み、漬け物の手入れ、魚や野鳥、野兎や猪などの干物や燻製づくりの手ほどきを受けながら、ヨリは杣人・源太の嫁として甲斐甲斐しく立ち働き、イトによく仕えた。

口数の少ない源太との仲も睦まじく、素朴かつ純真無垢な源太母子の好意と愛に応える様に良き嫁、良き妻として日夜努めたのである。都の内侍として宮仕えしていた頃には、想像もつかなかった熊野の山深い陋屋《ろうおく》に住み、粗衣粗食の日々を送ることとなった我が身を、ヨリは惨めな女に落ちぶれたなどと思ったことは一度もない。それどころか、熊野権現のお導きで、危うく一命を落とすところを無骨ながら心優しい杣人・源太に助けられ、その妻となって新しい女に生まれ変わったわが身の幸せに感謝する毎日であった。

イトとヨリの間には、嫁と姑の確執などという俗世の妄念や諍《いさか》いが入り込む余地はなかった。わが子・源太には勿体ない天女の様な嫁のヨリに何の不満もないイトであったが、内心では、かいらしい孫をわが腕に抱く日の訪れを心待ちにする様になった。

かいらしい、やや子を待ち望んでいたのはイトだけではない。干天に慈雨がしみ込んで行く様な夫・源太の愛と、凍える心をほのぼのと包み込む様な義母の好意に応えるためにもかいらしい、やや子を授かりたいというのはヨリの悲願であった。

五　熊野大権現

明けて文治三年三月、千丈の峰に黒い山肌が姿を見せ、三越峠の残雪の陰に春の訪れを告げる蕗《ふき》や蕨、ウドなどが初々しい顔を出し始める様になって、源太一家にも待ちわびた春がやって来た。桃の節句は何事もなく過ぎて、鶯の声が時には遠く時には近く聞こえ、山桜が峠や谷あいに薄紅色の淡い彩りをそえる頃、熊野本宮大社は例大祭を迎える。その当日、四月十五日に源太一家は打ち揃って峠を降り、本宮大権現参詣に出掛けた。

修験者、巫女《みこ》、神楽舞の女児、伶人《れいじん》たちの先導する神輿《みこし》の渡御《とぎょ》に始まり、稚児や早乙女姿の幼女たちによる田植舞と大和舞が恭《うやうや》しくもきらびやかに奉納され、最後に稚児たちが伶人の笛と太鼓に合わせて、胸の太鼓をたたきながら、三度その場を回る所作を二度繰り返すという八撥《やつばち》の神事が行われた。一連の神事が済むと、神輿の両脇に飾られていた上げ花が祭場外に持ち出され、待ち構えていた群衆が奪い合った。これを稲田に挿すと虫の害がないという故事から来たものだという。

京の都の祭りには程遠い素朴な田舎の神事ではあるが、熊野の山里で長い冬をよく忍んだヨリに、都風の祭りを見せて、山里暮らしの無聊《ぶりょう》を幾らかでも慰めてやろうという源太母子の心づかいであった。ヨリは瞳をこらして祭りの神事を楽しみながら、源太母子の心優しい思いやりが何とも嬉しく、京に戻りたいなどという気持ちは露ほども起きなかった。

祭りの神事が終わり、本殿に参拝した一家は夫々《それぞれ》の思いを込めて柏手を打ち、神前に頭を垂れた。ヨリは源太とイトの無病息災を祈願し、わが身の幸せに感謝したあとで居ずまいを正し「み恵み深い大権現様、どうか、かいらしい、やや子をこの私にお授け下さいませ」と無心に祈った。

峠の残雪も消え、千丈の峰が萌黄色の新緑に映える頃、端午の節句も過ぎると三越は山菜摘みの季節である。春の山菜や秋の茸《きのこ》は、ジゲ山（共有林野）でも個人所有の山野でも自由に入って採ってよいことになっていたという。山菜や茸のよく生える場所をネヤと呼び、ネヤを知っている山里の人にとっては秘密の聖域であった。ネヤには蕨《わらび》、ゼンマイ、ゴンパチ、クサギの若葉、タラの芽やウド、蕗《ふき》のとうなど春の山の幸が群生していた。

そんな早春の一日、イトのお供をしてボッツリ（木の実や山菜を入れる竹製の籠）を下げて山菜摘みに出掛けたヨリは、何となく胃のあたりが重苦しく、けだるい様な感じに吐き気を覚え、杉の木の根元に横になった。驚いて

駆け寄って来たイトに、

「かが様、何となく気分がすぐれませんので、暫く休ませて頂きとう存じます。我儘を申しまして相済みません」

と言うと、

「まあ、どうしたん。顔色が悪いが、この水を飲まんし。何で急にこんなことになったんかいのう。何ぞ食あたりでもしたん。別に悪いものを食べた訳でもないのに、どうしたんやろう」

といぶかるイトに心配をかけまいと、

「大したことはありません。じきによくなると思います。この二〜三日、何となく気分がすぐれないだけなのです。どうぞ、ご心配なさらないで下さいまし」

というヨリの顔を覗き込む様にして、額を撫でたり背中をさすったりして案じていたイトの顔が一転ほころび、明るい笑顔に変わった。

「ヨリさん。ひょっとして酸いものが食べとうないかい。そう、それじゃあ心配ない。きっとお目出度じゃ、これは目出度い。ヨリさんお目出度うさん。やや子が出来たんやよ。早う源太にも知らせなくては、今夜は赤飯を炊いてお祝いをしなくてはのう」

イトの笑顔に力づけられたヨリは、生まれて初めてわが身に起こった異変が何であるかを知り、こみ上げて来る嬉しさを噛み締めた。源太の喜ぶ顔を思い浮かべながら、イトに抱えられる様にして二人はわが家に戻った。

早速、ヨリを床につかせたイトはあたふたと野良へ出て行った。薪《たきぎ》を集めて、火をつけると、峠に高い煙の柱が立ちのぼった。咄嗟にイトが思いついた源太への緊急連絡の狼煙《のろし》であった。

奥山で枝打ち（杉や檜などの成長を促すために、不要な下枝を伐採して日当たりと通風をよくすること）に励んでいた源太が、そろそろ昼食にしようかと林の脇道へ戻りかけたところで前方を見ると、遥か峠のわが家の方向、谷あいから狼煙が上がっているではないか。緊急事態を察知した源太は作業を止め、息せき切って山を駆け降りた。

一体何が起きたのか。今日はかがさんもヨリも山菜摘みに行っている筈だが、熊にでも襲われたのか、さっぱり見当もつかない、などと思いあぐねているうちにわが家に着いた。駆け込んだ源太を迎えたのは、床から起き上がったヨリであった。

「どうした、ヨリ。狼煙が上がったので飛んで来た。どこぞ具合でも悪いのか。かがさんはどうした、どこへ行ったのじゃ」

「源様、ご心配をおかけして申し訳ございません。ちょっと気分がすぐれなかっただけなのです。もう大丈夫です。かが様は小豆《あずき》を求めに里へお出掛けです。源様、喜んで下さい。ヨリは貴方様のやや子を授かりました！」

「えっ、今何と言いやった。やや子が出来たと、本当にわしのやや子が生まれるというのか。それは目出度い。わしがおやじになるとはのう。早う、やや子の顔が見たい。ヨリ、でかした、おおきに。今日はお祝いじゃ、かがさんは未だか」

まるで、幼な児が欲しがっていた玩具を手に入れた時の様に、天真爛漫な源太の喜び様を見ながら、ヨリは凛々しい顔立ちの源様にそっくりの男の児か、それとも目鼻立ちの整った、かいらしい女の児か、どちらでもよいから早く生まれてほしいと思い、やがてこの腕に抱きとめることになるであろう我が子のあどけない姿を思い浮かべるのだった。

六　八朔の節句

梅雨が明け山里にも暑い日照りが続いて、蟬時雨がじりじりとかまびすしく夏を奏でる頃、峠は八朔《はっさく》の節句を迎える。八月一日、普段の年は気にも掛けていなかった節句であるが、イトはヨリに手伝わせながら粟を石臼で挽き、よく練って餅をつくり仏前に供えた。源太も仲間入りをして粟餅を食べ、今年は特別に一家三人で節句を祝った。

八朔の節句が過ぎ、満月も近い戌《いぬ》の日の夜、一家は打ち揃って峠の作小屋に出掛けた。高い竿の先端に箸を十字に組み、その四端に里芋をさして、祭壇に見立てた小屋の庭先に立てた。祭壇には御神酒や団子と里芋を供え、イトの祝詞《のりと》に合わせて、ヨリの安産と一家の健康を祈った。

祈禱が終わると、御神酒を一口ずつ飲み、夜の月をめでながら、一家は、夫々にかいらしい、やや子の誕生を思い描いた。しきたりに従って、イトはヨリのお腹に晒《さらし》の岩田帯を巻きつけた。日増しに突き出して来るお腹に、晒の帯をしっかり巻きつけて貰ったヨリは、時々母親を呼んでいる様なやや子の胎動に応える様に、帯の上から優しくそっと撫でながら、源太との愛の結晶のかいらしい姿を思い浮かべ、母となる日を心待ちにするのだった。

ヨリはイトの嫁として、野良仕事も家事も普段通りにこなし、源太の妻としてもよく仕えた。イトは身重のヨリに何くれとなく気を配り、かばいながらも出産や子育ての心得などを嚙んで含める様に言い聞かせた。

「何にも心配することはないでのう。ヨリは普段通りにしとればいいんよ。

やや子のためにも体は動かした方がええ。重たいもん下げたり、高い所へ手を伸ばしたりしたらあかん。それさえ気いつけたら、お産の心配は何にもない」

と言うイトの言葉は、まるで実の母親の様なぬくもりと思いやりに溢れ、寡黙な源太のゆるぎない愛に包まれて、前途に何の不安もないヨリは、大権現様のお導きとわが身の幸せに感謝する毎日であった。

峠の林道に霜が降《お》り、落葉が散り敷く様になって、ヨリにとっては二度目の冬が近づいて来た。杣人・源太一家では、年々歳々相変わらぬ冬支度が始まった。何時もと違って、今年は新しい支度が一つ増えた。ヨリが一月に迎える予定の出産と育児の支度である。普段の冬支度の合間にイトは、ヨリに手ほどきをしながら、産着や、むつき（おしめ）の準備にも余念がなかった。

七　ハマ割りの祝い

明けて文治四年正月十一日、ヨリは一児の母となった。大権現様への祈りが通じたものか、ハマ割り（蔵開き）の佳き日に玉の様な男児を授かったのである。目もとは父親の源太に、口もとや顔立ちは、母親ヨリに生き写しの、かいらしい、やや子であった。

「おうおう、ほんにかいらしい子よのう。末頼もしい、なかなかの男振りじゃ。こんな目出度いことはない。ヨリは良い子を生んでくれました。おおきにようこれでヨリはかが様、源太は一人前のおとさん（お父さん）、この私はおばさん（お祖母さん）になった。しっかりせなあかんのう。みんなで、

「この子を強い子に育てよう」
と頬ずりして喜ぶイトの顔は、待ち望んだ初孫をわが腕に抱いた満足感と、ヨリに対する感謝の念に満ち溢れ、至福の時に酔いしれているかの様であった。

源太は、紛れもない我が息子を得た嬉しさと、父親としての責任の重さに身の引き締まる思いを秘めて、初産という大役を果たしたヨリに優しく微笑みかけた。慣例に則り、イトはハマ（大きな餅・鏡餅）を割って雑煮に入れ、初孫《ういまご》の誕生と重なったハマ割りの日を祝った。

七　ハマ割りの祝い

長子誕生から、イトとヨリが子育てに夢中になっている間にお七夜を迎え、静かだった源太一家に、やや子の健やかな泣き声が響き渡る様になって、かいらしい、やや子に名前をつけることとなった。

女同士は、やや子が男の子だということもあって、これといって名案がある訳ではなく、命名は父親・源太に一任ということになった。やおら自室にひきこもって戻って来た源太は、短冊にしたためた我が息子の名前を厳かに披露した。

「息子の名はわしの源の一字を取って源佐《げんすけ》とする。佐というのは、わしの跡継ぎで二代目という意味じゃ、いい名じゃろう」

「何とのう侍みたいな名やけど、いい名前や。源佐は気に入ったかいのう。おうおう、気に入ってくれたか。それはよかった。これで決まりじゃ、かいらしい源佐や」


侍みたいな名やというイトのひと言に源太の顔が一瞬引き締まった。その時、ヨリは気づかずに過ぎたが、源佐という命名に込められた源太の思いが明らかになるには、それから十余年の歳月を要した。何も知らないヨリは、愛する夫との愛の結晶が、父親を名づけ親として源佐と命名されたことがただ嬉しく、それにしてもいい名をつけてくれたものだと内心で感心しながら、源太に感謝するのだった。

「源様、やや子にとてもいい名を頂き、有難う御座いました。源佐を源様の跡継ぎとして恥ずかしくない様な強い子に育てます。母様にも色々とお教え頂きとう存じますので、どうか宜しくお願い申し上げます」

と、うやうやしく両手をついて頭を垂れた。

熊野大権現様のお導きで、千丈山の杣人・源太の妻となった、かつての京の内侍・ヨリは文治四年正月ハマ割りの佳き日に念願かない、夫・源太に生き写しの息子・源佐の母となった。

八　端午の節句

五月五日がやって来た。幼い源佐にとっては初節句である。母親・ヨリと祖母・イト、それに父親・源太の愛を一身に受けて健やかに育った源佐は、ヨリやイトの顔が識別出来る様になり、にっこり微笑んでは、かが様とおばさんを喜ばせた。

イビツ（柏餅）とチマキ二個ずつに菖蒲を添え、神棚に供えた源太一家は、源佐の成長を感謝し菖蒲酒で祝った。ささやかなお祝いが終わって、源佐に菖蒲湯を使わせたヨリは、気持ちよさそうに手足をばたつかせて喜びをあらわにするわが子のはじける様な体を抱き上げ拭いてやった。

「源佐や、源佐が日に日に大きくなるのも大権現様と母様、源様のお陰と母は感謝しております。今日は初節句のお祝いまでして頂き、有難いことです。母様、源様にはお礼の言葉も御座いません。だんだん源様に似て来る様で不思議な気が致します」

「ほんに源佐は父親似じゃが、かいらしい子やよ。とと様よりは男振りもええし、末が頼もしい。子育てについて分からないことがあれば何でも聞いてもらっていいんよ。でも読み書きの方は、ヨリに任せますから、宜しくお願いしますよ。源太の息子には学問も身に付けさせなくてはのう、源太や」

読み書きをというイトの言葉に、源太はあらたまった顔になり、言葉を選びながら、

「わしは、しがない樵《きこり》じゃが、これからの世は読み書き位出来なくては、無骨な男とて、何かと不都合があるじゃろうから、ヨリを師として読み書きを習わせたい。ヨリ、よろしく頼みます。その代わり、男としての身の処し方

については、わしがみっちり教え込むつもりじゃ。よいな」

と厳かに宣言した。

ヨリは源太とイトの言うことが特に意外なこととも思えず、わが身の引き締まる思いで、母親の責任の重さを厳しく自らに言い聞かせた。


その夜、ヨリは夢を見た。成人した源佐が長旅から帰って来たのである。腰には大小をたばさみ、前髪も凛々しい若武者姿で現れた源佐が、ヨリには何とも眩《まぶ》しく頼もしく思われた。庭先に現れた源佐は端然《たんぜん》として、

「父上様、母上様、ただ今戻りました。長らく家をあけ、ご心配をおかけし、申し訳御座いません。今日からは父上の跡継ぎとして、山の仕事に励みます」

と言いながら仏前にぬかずき、故人となった亡き祖母・イトの位牌に手を合わせた。

逞しい若武者姿の源佐に見惚れながら、ヨリはいそいそと夕餉の支度に取

りかかった。父親の源太に促されて奥の間に消えた源佐は、武者修行の一部始終を父親に報告しているらしかった。源佐の高笑いと、低い声で応える源太の声がかすかに洩れて来た。

夕餉の支度が整い、囲炉裏を囲んだ親子は、久方振りに杯を交わし、ヨリの手料理に舌鼓を打ちながら息子の帰郷を祝った。三越峠の夜が白々と明け初める頃、ふと目を覚ましたヨリは厠《かわや》に立ち、目をこらすと、昨日と同じ若武者姿の源佐が峠を登って行くではないか。

「源佐、どうしたのじゃ。戻っておいで。昨日帰ったばかりだというのに、どうしてこんなに早く出て行きやる」

という声にならない声で叫んだところで目が覚めた。

夢だったのかと気がつくまでに時間を要したが、信じられないという思いだけが残り、もう寝つかれない。側でやすらかな寝息をたてながら夢路をたどっている源佐に安堵しながら起き上がると、庭に出て夢の中で出て行った源佐の姿を探し求めた。幼い源佐の行く末を暗示する様な夢であった。あの若武者は源佐だったのか。成人してわが家を後にする息子との別れは、未だ遠い先の話ではないのか。ヨリは夢の話は源太には告げず、心の奥深くにそっとしまいこんだ。

九　武門の誓い

十年の歳月が流れた。

建久八年、十歳になった源佐は父・源太に従《つ》いて山野を歩きまわる様になり、林の仕事を手伝うかたわら、弓矢を使った狩猟の手ほどきなどを受けた。源佐にとって些《いささ》か苦痛ではあったが、楽しみでもあったのは剣術の稽古であった。

樫の枝を程よい長さに切った父親手作りの木刀で先ずやらされたのは素振《すぶ》りであった。父・源太の枝打ちや間伐を手伝いながら、休憩時間や昼食後に昼なお暗い林の中で、明けても暮れても素振りを命ぜられた。気合いをこめ、木刀を正面に振り下ろして前後に踏み足を繰り返すだけの単調な稽古であったが、半年程は明けても暮れても素振り、素振りの毎日だった。

三越の峠に落ち葉が散り敷く頃、父は源佐と正面に向かい斬り結ぶ太刀合わせの手ほどきを始めた。面、小手、胴、突きなどの基本技《きほんわざ》を容赦なく源佐に浴びせ、自らも受けた。単調な素振りから解放された源佐は、「親の仇だと思って打ち込んで参れ」という父の言葉に、裂帛《れっぱく》の気合いをこめて斬りこんではみるものの、小手先であしらわれる悔しさに燃え、太刀合わせを重ねるうちに腕も上がった。恐らくは父の情けの手心であろうが、十本に一本は父が受けてくれる域にまでなったのである。

父と真剣に斬り結ぶ太刀合わせは、子供心にも武士《もののふ》の魂を掻き立てられる様な気分が全身にみなぎり、源佐は無我夢中で稽古に励んだ。杣人の父が熊野の奥深い林の中で、何故に弓矢や剣術を教え鍛えるのか、幼い源佐には知る由もなかった。

全身打ち身だらけの源佐の裸身を垣間《かいま》見た母のヨリは尋ねた。

「こんなに打ち身だらけで、どうしたことか。熊にでも襲われたのか。源様はこの子に何をなさっておいでですか」というヨリの言葉をさえぎる様に源佐は言った。

「母上、ご案じ下さいますな。源佐は毎日、父上から剣術の稽古を受けているのです。これしきの打ち身など源佐は気にもしておりませぬゆえ、ご安堵下さい。源佐の腕が上がれば、傷も減って行く筈ですから、父上のお陰でこの頃は、十本に一本は父上に斬りこめる様になったのですから」という誇らしげな顔を見ながらヨリは

「源様のなさることですから何も申しませんが、そういうことならば、どうぞお気に召すまで鍛えてやって下さいまし。源佐もいい加減なところで音を上げてはなりませぬぞ。母も楽しみにしておりますゆえ。お気張りなされ」

というヨリの言葉は、源太の予期せぬものであったが、源佐には心に期するものがあった。

熊野・中辺路の照葉樹林には雨が多い。源佐は雨の日や夕餉の後に母・ヨリを手習いの師として読み書きなどを習い、健やかで利発な若者に育った。父親に似て筋骨逞しく、柔和な中にも端正な面立ちには、若武者を思わせる初々しい凛々しさがあった。

「まるで若武者の様な男振りじゃ」

と言って喜んだのは祖母のイトであった。

ヨリはイトと喜びを分かち合いながらも、端午の節句の宵に見た夢を思い出し、手塩にかけた最愛の我が子がいずれは親のもとを去って行くのではないかと、暗い気持ちに沈む事もあった。

明けて建久九年一月十一日、ハマ割りの日は源佐十一歳の誕生日である。源佐の祝い膳には鏡餅の雑煮の他に、鯛の尾頭付きがついた。父・源太は祝い酒を注ぎながら、

「源佐、今日からそこもとは元服して佐衛門《すけえもん》と名づける。よいな。一人前の男として父の意志を継ぎ家業に努め、そこもとをここまでに育ててくれた母上や祖母様に孝養を尽くしてもらいたい。今日は目出度い日じゃ。夢々忘れまいぞ」

初めて耳にした源太のいかめしい武家言葉であった。いつの間に用意したものか烏帽子を被り、杯を酌み交わす親子の姿を見守りながら、孫であり息子である源佐改め、佐衛門の晴姿に見惚れたイトとヨリは、あらためて佐衛門の行く末を思い、顔を見合わせた。

元服の祝いが終わると、源太はイトとヨリに暫く座を外す様に言い、佐衛

門を連れて奥の間に消えた。父のただならぬ気配に、何事ならんと緊張しながら床の間に向かって正坐した佐衛門に向かって、源太はおもむろに口を開いた。

「佐衛門、よいか。これから申すことは母様にも内密の話と心得、誰にも他言してはならぬ。今日、晴れて元服したそこもとのみに申し伝えるが、父は先《さきの》太《だ》政大臣《じょうだいじん》平《たいらの》朝臣《あそん》清盛公《きよもりこう》、御嫡子《おんちゃくし》・内大臣《ないだいじんの》左大将《さだいしょう》重盛公《しげもりこう》、御嫡孫《おんちゃくそん》・小松《こまつの》三位《さんみの》中将《ちゅうじょう》維盛公《これもりこう》の臣、小松六衛門嫡男《ちゃくなん》・源衛門なるぞ。そこもとは紛れもない平家一門の末裔として、一朝ことある時にそなえ、武士の誇りと心構えを忘れることなく己を律し、精進に努めよ。この大小はわが小松家伝来の家宝・父愛用の名刀である。今日限り、そこもとに譲る。蔵奥に納め、一段と武芸に励むことぬかりあるべからず」

と言う聞き慣れない父の言葉に感激、身の引き締まる思いの佐衛門は居ずまいを正し、

「父上の弓矢の手ほどき、剣術の鍛練が何のためであったのか、佐衛門、身にしみて心得ました。こんな名誉なことはありません。武門の血を引く父上の名に恥じない立派な武士として文武両道に励み、一朝ことある時には平家一門のお役に立ちたいと存じます。どうか、これまで以上に佐衛門を厳しくご指導、ご鞭撻下さい」
と誓った。

熊野・千丈山の杣人・源太こと小松源衛門と倅の佐衛門は、武門の誉れ高き桓武平氏の出自を心中深く秘め、固い武門の誓いを交わしたのである。

十　不意の客

建永二年、佐衛門二十《はたち》の弥生三月、夜更けに源衛門の屋敷をひそかに訪なう客があった。皆地笠を目深にかむった杣人風の身なりながら眼光鋭く、風の様に現れ、源衛門と小半時の密談のあと風の様に去った。

源衛門は息子の佐衛門を呼び起こし、

「佐衛門よいか。常日頃鍛えたそなたの腕を試す時が来た。これから父と暫し旅に出るゆえ、早速身仕度をいたせ。大小を忘れるでないぞ。但し目立たぬ様、肩にかけよ」

父・源衛門に命ぜられるまま、素早く身仕度を整えた佐衛門は何のために、

何処へ行くのかは問わず、父のただならぬ気配に身を強張らせながらも、

「佐衛門、喜んで父上のお供をいたします。何なりとお申し付け下さい。覚悟は出来ております。母上にはお知らせしなくてもよろしいのでしょうか」

と言っているところにヨリが姿を見せ、別に驚いた風もなく何時の間に用意したものか、ワッパの弁当二人分を佐衛門に手渡しながら、

「源様と佐衛門のご武運を祈っております。佐衛門は父上の名に恥じない様に存分の働きをするのですよ。努々《ゆめゆめ》臆《おく》して逃げ帰る様なことがあってはなりませぬ」

と源衛門父子晴れの出陣を励ました。勘の良いヨリは、源衛門の出自から不意の客の用向きまで全て見通しているらしかった。実は、ヨリ自身が武家の娘だったのである。


千丈山の杣人・実は小松源衛門、佐衛門父子は未だ明けやらぬ峠を越え、

寒川（美山村）へ向かった。

　夜更けに駆けつけたつなぎの知らせでは、近々源氏の追手《おって》による平家落人の詮議が再開され、四十名ほどの追手が上初湯川《かみうぶゆかわ》方面に向かっているとのこと。これを龍神・美山に隠れ住む一門で迎え討つことになったのである。夜露を踏んでひた歩む父子はまるで忍びを思わせる飛ぶ様な足取りで、林を抜け谷を越え、高尾の峰々が白々と明け初める頃、寒川の作小屋に着いた。そこには平家の臣・新行庄司正慶嫡子・正行を筆頭に、洞の惣次ら屈強な面々三十五名が、総大将・小松源衛門父子の到着を今や遅しと待ち構えていた。総大将を迎えた新行庄司正行は厳かに口を開いた。

「源衛門殿、お待ち申し上げておりました。佐衛門殿の立派な武者振りにも感服致し申した。亡き殿・小松三位中将維盛公の入水《じゅすい》以来、雌伏《しふく》二十余年、今こそ主君の弔い合戦のときが参りましたぞ」

「一門のご一同に申し上げる。ご主君・維盛公亡きあと、我らがなめた辛酸の日々は何のためであったか。天はわれらの悲願を見捨て給わず、今日の日を与え給うた。これもひとえに熊野大権現のおはからいと心得、軍議に従い源氏の亡者《もうじゃ》どもを悉く血祭りにあげてくれようぞ。方々ぬかりなく、みどもとともに主君の無念をそそぎ、敵将石降又左衛門を那智の沖深く葬り参らそう」

という総大将・源衛門の言葉に一同は頷き、武者振るいしながら、

「えいえい、おう！」

と鬨《とき》の声をあげた。

ただちに軍議が行われ、物見の報告にもとづき決戦は日没後、決戦場は小藪川・新行谷と決まった。

十一　小藪川・新行谷

一門三十五名は山伏や杣人の姿に身をやつし、目立たぬ様に新行谷へ移動して、昼過ぎには谷底を挟み打ち出来る戦闘配置についた。上初湯川に残しておいた物見から、石降又左衛門を将とする源氏の一隊二十余名が迫っているとの一報が入り、新行谷で待機中の一門は俄かに色めきたった。

軍議では、敵の到着は夕暮れ時、谷川の清水が飲める谷あいで夕餉《ゆうげ》をとり、ひと時の休息で息を抜いているところに奇襲をかけ、一挙に殲滅《せんめつ》しようというものであった。谷の両側から矢を射かける射手、その後方に樅や栂《つが》などの巨木や岩を蹴り落とす遊撃隊と本隊という三層の陣を敷き、今や遅しと源氏の追手を待ち構えていた。

新行谷に陽が落ちて、昼なお暗い針葉樹林が漆黒の闇となった頃、遠く近く馬の蹄の音が近づいて来た。追っ手の一隊である。源衛門麾下の精鋭三十五名が待ち伏せているとも知らず、谷川の水を汲むのに格好の開豁《かいかつ》地を選んで駒を止め、夕餉と休息の陣を張ったところで俄かに雷鳴が轟き、しのつく様な豪雨となった。

戦機到来、源衛門はすかさず、

「者ども、かかれ！　情けは無用ぞ。一気に打ち果たせ！　主君維盛公の無念を晴らすは今なるぞ！」と大音声で下知《げじ》した。

夕餉の休息中にいきなり矢を射かけられ、落下して来る巨木と岩に身動きがとれず、慌てふためくばかりの敵陣に阿修羅の如く襲いかかった平家一門の前に敵は為すすべもなく、漆黒の闇と豪雨の中で、刀尽き矢折れた源氏の追手三十余命はあえなく討ち死にした。

源氏の大将・石降又左衛門の首級を挙げたのは、千丈山の杣人・源太こと、小松源衛門の嫡男・佐衛門であった。怒号と叫喚の渦巻く敵陣に斬り込んだ佐衛門は、敵将の配下二名をなぎ倒しざま、返す刀で又左衛門を袈裟がけに斬り捨てた。弓の又左と勇名を轟かせた源氏の大将・石降又左衛門も、荒れ狂う稲妻の様な佐衛門の刃にあえない最期を遂げたのである。

味方のうち深手を負ったのは、洞の惣次、他に浅手三名という見事な勝利であった。源衛門以下平家の落人一門三十五名は、彼方熊野大権現に向かい感謝の祈りを捧げ、勝ち鬨の声をあげた。漆黒の闇とすさまじい雷雨という天祐《てんゆう》に恵まれ、軍議どおりの奇襲に成功した一門は、源氏一門の亡骸《なきがら》を手早く山中に埋めると、寒川の作小屋に引き揚げた。甲冑を脱ぎ、ささやかな祝杯を挙げて一夜を明かした。

翌朝、一門は弓矢・甲冑を作小屋の奥の目立たない地下に納め、杣人や山伏姿に装いをあらためて夫々の家路についた。

源衛門は石降又左衛門の首級を野良着に包み、ふんごに入れて佐衛門に担がせ、数名の配下と共に熊野大権現に向かった。本殿にぬかずき、大権現のご加護により見事に本懐を遂げた事を報告・感謝した。本宮から熊野川を川船で新宮まで下り、今は亡き主君・小松三位中将維盛公が入水《じゅすい》された熊野灘まで漕ぎ出して、

「南無三、主君の仇なれど、今は安らかに成仏召《め》されよ」

と、厳かに合掌しつつ、重石《おもし》をつけた又左衛門の首級を海中に投じた。

寒川の作小屋に集結してから新行谷での待ち伏せ、雷鳴轟く豪雨下の夜襲、無我夢中で目の前の敵と斬り結んだ死闘の末に勝ち取った、敵将の首級を熊野灘に投じるまで、目まぐるしく過ぎた昼夜を通じて、鬼神の如く合戦を指揮した武将である父の姿と、千丈山の杣人である父とは、佐衛門にはまるで別人の様に思われた。

片や、手塩にかけて育てた息子であり、孫である源衛門・佐衛門親子を新行谷の合戦へ送り出したイトとヨリは、首尾や如何にと案じつつ、眠れぬ一夜を明かした。

明け方近く、ヨリの枕辺に金色《こんじき》の八咫烏《やたがらす》が現れて、合戦の首尾をこと細かに告げた。

ヨリは、はやる心をおさえ、熊野大権現の守護神・八咫烏のお告げをイトに伝えた。

「それは目出度い。大権現様にお礼を申し上げなくては」

と、満面に笑みを浮かべながら、イトは神棚に灯明を点《とも》し、二人は柏手《かしわで》を打って深々と拝礼した。

ややあって、奥の間に消えたイトは、長さ一尺二寸ほどの錦紗《きんしゃ》の袋を手に戻り、ヨリの前に置きながら、おもむろに口を開いた。

「ヨリ殿、そなたも武士《もののふ》の妻、この度の合戦の上首尾は一門の誉れ、わが家の誇りなれど、勝敗は時の運とか。この先、如何なることが、わが一族に待ち受けているやも知れず、その期《ご》に及んで取り乱したり、己を失うことなどなき様、心して相努めましょうぞ。

これは、わが家秘蔵の小太刀、私の婚儀の折に亡き母から譲り受けたものです。今日、この目出度き日に、そなたに譲ることとしました。私の身に不慮《ふりょ》の外《ほか》ある時は、これを母と思いて心を鎮め、抜かりなく武士の妻として、また源佐の母としての本領を忘れることなく、お振る舞いあれ」

と言うイトの言葉を心に深く刻みながら、ヨリは居ずまいを正し、

「母上様のお言葉と小太刀、有難く頂戴仕ります。ヨリには身にしみて忝《かたじけな》く、武士の妻として覚悟は決めておりますものの、あらためて、わが身に鞭打つ思いで御座います。この先も、何とぞ宜しくお教え、お導き頂きとう存じます」

と応え、イトの手をしかと握りしめて、覚悟を新たにするのだった。

母イトは、一門に隠れもなき小太刀の名手であった。

三越峠のわが家を出てから三日目の夕刻、源衛門親子は家路についた。何

時に変わらぬ野良着姿の源衛門と佐衛門を迎えたヨリは、

「よくぞ、ご無事でお帰りなされました。晴れてご本懐を遂げられた由、誠にお目出度う存じます。佐衛門は初陣ながら、立派な戦い振りであったとやら、母も安堵しましたぞえ。母はそこもとの無事とお手柄を願うておりました。手傷ひとつ負わずにお帰りとは夢にも思いませなんだ。源様は佐衛門のお手柄にさぞや、お喜びで御座いましょう」

「何よりも天祐と、熊野大権現のご加護に感謝せねばなるまい。戦《いくさ》は軍議のとおりに運んだ。佐衛門は敵将の首級をあげるという天晴れな働きをした。一門の手前、祝着至極である。あらためて誉めてつかわす。初陣の手柄に奢《おご》り高ぶることなく、杣の仕事ともども今一層武道の精進に励むべし」

「父上からお誉めの言葉を頂戴し、恐悦至極に存じます。仰せのとおり一層の鍛練に励む所存ですから、厳しいご指導・ご鞭撻の程お願い申し上げます。父上の戦の采配は、母上にお見せしたい様な武将振りで御座いました。佐衛門、この度ほど感激したことはありません。こんな立派な武将を父に持った佐衛門は果報者です。一門の誉れと肝に銘じ、父上の名に恥じない武士に成りたいと心に誓っております」

ヨリは何時か夢で見た佐衛門の若武者振りを思い出し、夜更けに家を出て行った息子が無事戻って来て、まるであの夢の続きを見ている様な錯覚に襲われながらも、あの様な夢はもう二度と見とうないと思った。

十二　如月の別れ

翌、承元二年、源衛門の母・イトがみまかった。孫・佐衛門の成長振りとは裏腹に、新行谷の合戦に源衛門と佐衛門が出陣して以来、父子の身を案じた心労がたたったものか、イトの体調はすぐれず、病の床に臥《ふ》す日が多かったのだが、年明けから急速に衰弱し、寝たきりの身となった。ヨリの懸命な看病にもかかわらず、薬石効なく如月《きさらぎ》十日、源衛門とヨリ、佐衛門親子に見取られながら息を引き取った。

今際《いまわ》の際、イトは佐衛門の耳元に喘《あえ》ぐ様に、

「佐衛門よいか。わが家はみな武門の血を引く一族ゆえ、杣や猟師に身をやつしてはいても、夢々武士の誇りを忘れるではないぞ。新行谷の戦《いくさ》では初陣ながら、よくぞ首尾を果たし武門の誉れなり。ばばは安堵して死出の旅へ赴く。父と母に孝養を忘れまいぞ……」

と言い残して、イトは静かに目を閉じた。

峠の山野で野良仕事に励んでいたばば様までが武門の出と知り、佐衛門は粛然たる思いで、息絶えたイトの顔を見つめた。

野良着姿で身を粉にして働きながら、嫁のヨリをたて、何時も控え目に振る舞っていた優しいばば様が、実は平家名門の息女であり、文武の道をわきまえた武士の娘であったという事実に薄々感づいていた母のヨリは、そのことを深く心に秘め、自ら同じ出自であることをおくびにも出さず、嫁として武士の妻として懸命に仕えたのである。

佐衛門が生まれた時に殊のほか喜んだのがイトであったこと、男振りのいい孫が自慢で、幼い頃の佐衛門を片時も側から離さず、天気さえよければ佐衛門を野良に連れて行き、ふんごに入れて見守る程の可愛がり様であったこと、ヨリが身ごもったことを源衛門に狼煙で知らせてくれたことを聞き、ばば様はただ者ではないと思ったことなどを思い出しては、涙に暮れるヨリであった。

身内だけのささやかな通夜と弔いのあと、峠の麓で野辺の送りをすませた一家は、仏前に質素な位牌を残して白骨となったイトの冥福を祈り、手を合わせた。

無口な源衛門を気づかいつつ、ヨリは昼餉の支度に立ち、佐衛門は山へ出掛けた。野良着姿のばば様が今にも姿を現しそうな気がして、涙をこらえながら佐衛門はふと歩みをとめた。追って来たのは、母のヨリであった。佐衛門は母から弁当を受け取ると、一気に峠をかけ登った。

十三　熊野落ち

新行谷の合戦から三年が経った初秋の一日、夜の帳《とばり》が降り始めた頃、源衛門の陋屋を訪ねる客があった。

屈強な供の者を一人連れ、細身の杖をつきながらも、立居振る舞いにどことなく風格があり、温和な面体《めんてい》ながら、相手を射すくめる様な眼光には練達の武士を思わせる威厳があった。小半時に及ぶ源衛門、佐衛門との密談を終えると、男は来た時と同じ様に風の如く去った。

侍に見えた男は実は、壇ノ浦で平家一門に加勢し、勇名を轟かせた熊野灘、瀬戸内一帯を束ねる水軍の長《おさ》・九鬼毅之進《くきたけのしん》であった。杖と見えたのは、当時としては珍しい仕込み杖である。奥の間に招じ入れられた毅之進は、居ずまいを正し、

「源衛門殿、佐衛門殿、先の新行谷の弔い合戦における御両所始め、御一門のお働きは誠にお見事で御座った。毅之進ただただ感服、慶賀に耐えずお祝い旁々、ちとお知らせしたき儀もこれあり、罷り越した次第。御無礼の段は平にご容赦願いたい」

と、丁重に挨拶を述べた。

源衛門は毅之進の言葉に恐懼《きょうく》しながら、

「これはこれは九鬼殿、ご丁重なるご挨拶いたみいる。新行谷にて、我らが本懐を遂げしは、天祐と、亡き主君のご遺徳の賜物、溯《さかのぼ》れば、壇ノ浦における貴軍のご助勢には我が一門として感謝に耐えず、子々孫々まで語り伝えた

郵便はがき

恐縮ですが
切手を貼っ
てお出しく
ださい

1 6 0 - 0 0 2 2

東京都新宿区
新宿1－10－1
(株) 文芸社
ご愛読者カード係行

書　名			
お買上 書店名	都道府県　　市区郡　　書店		
ふりがな お名前		大正 昭和 平成　　年生　　歳	
ふりがな ご住所	□□□-□□□□	性別 男・女	
お電話 番　号	（書籍ご注文の際に必要です）	ご職業	

お買い求めの動機

1．書店店頭で見て　2．小社の目録を見て　3．人にすすめられて
4．新聞広告、雑誌記事、書評を見て（新聞、雑誌名　　　　）

上の質問に1.と答えられた方の直接的な動機

1.タイトル　2.著者　3.目次　4.カバーデザイン　5.帯　6.その他（　　　）

ご購読新聞　　新聞	ご購読雑誌

文芸社の本をお買い求めいただき誠にありがとうございます。
この愛読者カードは今後の小社出版の企画およびイベント等の資料として役立たせていただきます。

本書についてのご意見、ご感想をお聞かせください。
① 内容について

② カバー、タイトルについて

今後、とりあげてほしいテーマを掲げてください。

最近読んでおもしろかった本と、その理由をお聞かせください。

ご自分の研究成果やお考えを出版してみたいというお気持ちはありますか。
ある　　ない　　内容・テーマ（　　　　　　　　　　）

「ある」場合、小社から出版のご案内を希望されますか。
する　　しない

ご協力ありがとうございました。

〈ブックサービスのご案内〉
小社書籍の直接販売を料金着払いの宅急便サービスにて承っております。ご購入希望がございましたら下の欄に書名と冊数をお書きの上ご返送ください。　（送料１回210円）

ご注文書名	冊数	ご注文書名	冊数
	冊		冊
	冊		冊

きものと存ずる。ところで、本日のご用の趣とは如何なることで御座ろうや」

「みどもが罷《まか》り越した儀は、そのことで御座る。実は新行谷の合戦以来、源氏の平家ご一門への詮議がきびしくなり、熊野へも忍びが入り込んで、探索に歩き回っていると聞き及んでいる。貴殿には呉々も油断召されることなき様、ご一門の方々にもお知らせ頂きとう存ずる。本日罷り越しましたるは、貴殿お望みとあれば、わが九鬼一門にてお身柄をお預かり致すことに何の異存もこれなく、貴殿のご意向を承りたいと存ずる次第である」

「忍びの探索につきましては、承知しております。一門の者にも、警戒怠りなき様申し伝えてありますが、貴殿のご忠告は身に染みて忝《かたじけな》く御礼申し上げる。ご一門のご好意に甘えることは、主君亡き後を守る一門の長《おさ》として肯《がえ》んじ難く、本意《ほい》なきことなれど、ご辞退申し上げたいと存ずる。ただ諸般の形勢、我に利あらず刀折れ矢尽きなば、その節はご一門のお力をお借りして、遥か西国の離れ小島にでも落ちのびたく、伏してお願い申し上げたき所存で御座る」

「流石はご一門のおん大将、お見事なご決断に又々感服致し候。ご所存しかと承り申した。西国へ熊野落ちの節は、一門あげてお届け申し上げる所存故、何とぞご安堵下され」

片や、小松三位中将維盛の臣、小松六衛門嫡男・源衛門と、片や、九鬼水軍総大将、九鬼毅之進との間に交わされた密談は、はしなくも小松平家一門の熊野落ちにかかわる密議であった。

十四　高野入り

半年後、九鬼毅之進の予言は的中した。

源衛門配下の忍びの報告によれば、新行谷の決戦で惨敗を喫して以来、源氏一門による平家の残党狩りが厳しくなり、既にその尖兵《せんぺい》と思《おぼ》しき一隊が大和の高野山《こうやさん》に入ったとのことである。

源衛門は密かに、寒川の作小屋に一門の司《つかさ》を集め、忍びと物見の報告をもとに、軍議を行ったが、新行谷の勇士たちも寄る年波と気力の衰えには勝てず、合戦にしり込みする者もいて、軍議はいささか難航した。

二十代半ば近く、益々血気盛んな佐衛門ほか数名が決戦を主張したが、大勢は物見を強化して敵の軍勢の規模を摑んだ上で、決戦に挑むか否か源衛門の采配を仰ぐことを望んだ。瞑目《めいもく》して耳を傾けていた源衛門は、おもむろに口を開いた。

「方々の胸中は察するに余りあるが、先の新行谷の決戦にて我らが主君・維盛公の遺恨を晴らし、首尾よく本懐を遂げたとはいえ、なお我に仇《あだ》なす源氏の亡者《もうじゃ》どもを野放しには出来ぬ。ただこの度は、軍勢において我に利あらず、熊野山中において合戦に及べば苦戦を強いられるは必定《ひつじょう》故、ここは九鬼の衆に加勢を仰ぎ、熊野灘海上にて雌雄を決せんものと心得る。万《よろず》せんかたなく、決戦に与《くみ》し得ぬ者は是非もない。各々がたにて身の振り方を案じ、振る舞うこと苦しからず。陰ながら、我らの武運を祈願されたい」

万感胸に迫る源衛門の采配で軍議は決した。軍議に従って、夫々の役割に応じた合戦の準備が始まった。軍馬、弓矢、甲冑、刀槍を整備する者、兵糧《ひょうろう》を調達する者、物見に張りつく者、忍びとして情報を収集する者、つなぎとして連絡に当たる者など、新行谷の戦にも劣らない臨戦態勢が敷かれ、佐衛門は東奔西走の毎日であった。

寒川の軍議から間もない初秋の一日、総大将・小松源衛門は嫡男・佐衛門を連れ、志摩は尾鷲に九鬼毅之進を訪ねた。毅之進は遠来の客を喜び、心行くばかりにもてなした。

「これはこれは、源衛門殿に佐衛門殿がうち揃うてお越しとは光栄至極、どうかごゆるりとお寛ぎ下され。はてさて、熊野落ちを決意された訳ではあるまいの。まあ、何はともあれ、ご両所ともご息災の趣《おもむき》、慶賀に堪えず、毅之進、恭悦《きょうえつ》至極に存じ候」

「過分のお言葉に痛み入りまする。本日は過日、貴殿がみどもの陋宅にお越し頂いた御礼も兼ね、改めてお願いしたき儀これあり、佐衛門を引き連れ罷り越した次第であります。何とぞ拙者の苦衷《くちゅう》をご賢察下され、お聞き入れ下されば有難き幸せに御座ります」

「いかなるご用向きかは存ぜぬが、源衛門殿の願いとあらば、不肖、穀之進、万難を排してもお応え致す所存故、何なりとお申しつけ下され。只ならぬ趣と察しますれば、倅の克之進《かつのしん》を呼び申す。克之進、出て参れ。珍しい客人がお見えじゃ」

「お初にお目にかかります。克之進と申します。源衛門様、佐衛門殿のご勇名はつとに聞き及んでおりまして、本日はお目見え叶い光栄至極に存じます」

初対面の挨拶が終わったところで、源衛門はあらためて居ずまいを正し、意を決した様に口を開いた。

「既にお聞き及びのことと存ずるが、このところ源氏の亡者どもの動きが慌ただしく、熊野追討の手勢が、高野山に入った旨、忍びの報告もこれあり、軍議の末、我ら一門これを迎え討つことに決したところで御座る。我ら一門の戦意に些かの迷いも、ゆるぎもなきところなれど、軍勢の優劣は如何んともし難く、この度は、貴殿のご助勢を得て海上決戦を挑み、熊野灘にて壇ノ浦の弔い合戦に出んものと心得まする」

「壇ノ浦の弔い合戦とは、又何と豪気なお志であることか！　毅之進、誠に感じ入って御座る。大命よくぞお申しつけ下された。海上の戦とあらば、九鬼一門の総力を挙げてご助勢仕る。委細は克之進に何なりとお命じ下され。克之進、よいか。佐衛門殿と、ぬかりなく戦《いくさ》の段取りを立てよ。詰めは源衛門殿と父が、必勝の策を案ずることと致そう。のう、源衛門殿」

かくして夜半近く、小松平家の総大将・小松源衛門と、九鬼水軍の将・九鬼毅之進との、熊野灘・源平決戦にかかわる作戦会議は終わった。源衛門・

佐衛門親子は、毅之進の案内で尾鷲湾内にある毅之進麾下《きか》の軍船を見て回り、来たるべき決戦の図を心に描いた。翌朝早々、二人は毅之進の許を辞し、一門の待つ熊野へ戻った。

十五　水軍の戦法

梶原兵庫麾下の源氏方四十余名の平氏追討軍が、高野山を越えて熊野に入ったという物見の報せが入ったのは、岩神から三越《みこし》の峠に至る山野が一面の紅葉に彩られ、道行く人々の心を和ませる頃であった。

この時あるを期し、小松源衛門麾下の平家一門二十余名は既に新宮に待機、九鬼毅之進差し回しの軍船十余艘と、水軍五十余名に合流する手筈を整え、満を持して待機していたのだ。熊野に入った源氏方の尖兵は、平家一門が潜んでいると思しき集落をひそかに探り回ったが、いずこを嗅ぎ回っても「もぬけの殻」であった。

それもその筈、老人、女子供は近郷近在に避難し、合戦の終わる日を息を潜めて待っていたのである。僅かに留まっていた地下《じげ》の村人の話では、付近に住んでいた一族は何時からともなく姿を消し、行き方《ゆがた》知れずになったとか。風の噂では新宮方面にいるのではないかということであった。源衛門配下の心理工作係による宣伝が功を奏し、平氏追討軍は熊野山中の探索を諦め、来たるべき合戦が海戦になろうとは露知らず、進路を変えて熊野川沿いに、新宮を目指して南下し始めた。

源氏方の動静は、熊野川沿いの要所要所に配置した地下の仲間から、新宮の陣所に逐一伝えられた。報告を聞きながら、源衛門は源氏方の新宮入りを巳《み》の刻と見、休息と夜食、軍船の調達などに四～五刻《とき》を要するとして、合戦の時は戌《いぬ》の刻と踏み、縠之進麾下《きか》の武将も交えた軍議を開いた。

水軍の将・縠之進が進言した戦法は次の如きものであった。

――先ず、源氏方の手引き役として雇われた漁船風の二～三艘が熊野川河口から、矢張り漁船を装った平家方主力の待つ沖合に誘導し、反転して河口付近に布陣、敵の退路を絶つ。沖合の水軍・平家連合軍は、大将の旗船ほか数艘を残して東西に展開し、南側の退路を塞いだ水軍の数艘と合わせて源氏勢を包囲するや、旗船の合図で旗や幟を揚げ、一斉に火箭《ひや》や礫《つぶて》を放つ。船団は徐々に包囲を狭め、水中に潜っていた決死隊が本隊と合流して敵旗船に斬り込みをかけて敵将の首級を挙げる。

かくて軍議は一決、夜陰に乗じて連合軍は戦闘配置についた。

十六　他生の縁

新宮沖合の熊野灘に、盤石《ばんじゃく》の布陣で平家一門が待ち受けているとも知らず、新宮入りした梶原兵庫麾下の源氏方は、先夜、小舟に分乗した屈強の男どもが三々五々、沖合に出掛けたまま戻らないこと、なりは漁師の出で立ちながら、地下では見かけない面々であったことなどを聞くと、夜食や休息もそこそこに、漁船と船乗りの調達に奔走した。求めに応じて仲間に加わった船乗りの中に、毅之進配下の面々が紛れ込んだ漁船が混じっていたことは言うまでもない。

熊野灘の彼方に東雲《しののめ》がたなびき始めた頃、漁に出掛ける地下の漁師達が沖合で目の当《ま》りにしたものは、小規模なりとは言え、思わず目を疑う様な源平入り乱れての海上決戦であった。

紅白の幟や、向かい蝶の紋どころ（平家の家紋）を印した軍旗はためく中小の軍船と漁船が衝突、炎上する中で、敵船に飛び移り船上で斬り結ぶ者、組んず解《ほぐ》れつの末、海に転落し海中に没する者、船上から火箭を射かける者など、いずれが敵か味方か判じ難い様な海上の乱戦であった。

黒潮の波路はるかに、黎明《れいめい》を告げる深紅の朝日が姿を現し、熊野灘一面が刻々と明け初める頃、源氏方の敗色は覆いがたくなり、ややあって向かい蝶の旗船から、勝鬨《かちどき》の声が上がった。源氏の大将・梶原兵庫は捕らえられ、あわや打ち首となるところであったが、源衛門は押しとどめ改めて尋ねた。

「兵庫殿、ここでわが手に落ちたるも他生の縁、積年の怨讐《おんしゅう》を越え本日をもって、両門の抗《あらが》いに終止符を打ち、新たなる旅立ちの日と致したい。ついては、そこもとの望みを尋ね、相叶《あい》うものなれば、貴意に添いたいと存ずるが、如何であろうや」

「これまた慮外なお言葉に痛み入る。戦《いくさ》の勝ち負けは時の運とは申せ、我が一門の敗北は紛れもなき事実。武士《もののふ》は名こそ惜しけれ、この期《ご》に及んで何の未練も望みも御座らねど、武士の情け、それがしには切腹の栄を賜りたく、また配下の一統にはお咎めなく放免を頂ければ、兵庫の欣懐これに尽きるものは御座らぬ」

という兵庫の望みは聞き届けられ、源氏の総大将・梶原兵庫は、平家一門の将・小松源衛門の旗船の甲板上にて切腹となった。

介錯は新行庄司正行の嫡男・正経《まさつね》が行った。

源衛門の嫡男・佐衛門は、船上の決闘の折に不覚にも背後から腰に槍の深手を受け、立ち上がることも歩くこともままならぬ状態にあったのである。

九鬼水軍という強力な援軍を得ての勝ち戦ながら、嫡男・佐衛門を始め、熊野灘合戦における平家一門の死傷者が新行谷の決戦を上回ったことが、源衛門に源氏一門との和睦とも取れる戦後処理を決意させたのであろうか。

毅之進は内心「流石に源衛門殿も弱気になられたものじゃ」とふと呟いたが、源衛門の決断を意外に思ったのは、九鬼毅之進だけではなかったものと思われる。だが、この熊野灘合戦以降、源氏の平氏追討が再び繰り返されることはなかった。

兵庫の首級は簡素ながら丁重な合掌の後、一統の亡骸《なきがら》と共に水葬に付され、源衛門麾下の将兵と毅之進配下の船乗り達は、一旦、九鬼水軍の本拠・尾鷲に帰港し、毅之進の菩提寺において、両軍の死者の菩提を手厚く弔った。翌日、平家一門は毅之進一統の助勢に丁重な礼を述べて尾鷲を出立《しゅったつ》し、途次、新宮に身を潜めていた家族を伴い、熊野川を溯って熊野大権現に詣で、戦勝の報告・祈願を行った後、夫々の在所へ帰り着いた。

十七　御典医・村井玄伯

源衛門、佐衛門父子を迎えたヨリは、勝ち戦と父子との再会を喜びながらも、腰に深手を負った最愛の息子・佐衛門の変わり果てた姿に人知れず涙し、佐衛門の行く末に言い様のない不安を覚えたが、その様な心の動揺はおくびにも出さず、つとめて明るく振る舞うのだった。そんな母親の不安をなだめる様に、佐衛門は平静を装い、

「母上、ご案じ召されますな。これしきの傷は大事ありません。若い身故、日ならずして癒えるものと思います。楽しみにお待ち下さいます様、ご放念願い上げます」

と慰めてくれるのだが、何せ人里離れた熊野の奥山・三越の峠界隈《かいわい》には、薬師《くすし》(医者)もいなければ秘薬も手に入らず、ヨリの不安は募る一方であった。

そんな源衛門・ヨリ夫婦の不安に応える様に、尾鷲の毅之進から佐衛門の見舞いと、先の熊野灘合戦勝利の祝辞を兼ねた文が届いた。佐衛門殿のあの傷では、手厚い治療と養生が必要と思われるが、新宮に昵懇《じっこん》の名医がいるので紹介したい。お望みとあれば、駕籠や船の手配など一切お任せ下されたい、という文面であった。

ヨリのたっての希望もあって、源衛門は、誠に不躾ながら、ご好意に甘えたい旨の返書をしたためた。数日後、駕籠かきを伴った九鬼毅之進の子息・克之進が源衛門の陋屋《ろうおく》に突然姿を現した。余りにも早い毅之進の対応に驚いた源衛門とヨリであったが、あたふたと佐衛門の身仕度を手伝い、ヨリが同行することとして、当座の衣類・金子《きんす》などの準備を済ませ、ひと休みした後、克之進は佐衛門を引き取り、駕籠に乗せて山を降りた。

一行は待たせておいた川船で熊野川を下り、川の両岸が暮れなずむ頃、新宮は薬師の屋敷に着いた。薬師の村井玄伯《げんぱく》は、かつて丹鶴城《たんかく》（新宮城）の御典医を務めたという名医で、毅之進とも年来の親交があり、毅之進の頼みを快諾、佐衛門一行の到着を待っていた。


一通り佐衛門の診察を終えた玄伯は、槍傷は深手ながら臓腑を外れており、腰骨の損傷さえ快復すれば、大事に至ることはあるまいと言い、当面は傷薬と生薬《しょうやく》による治療を施すこととなった。

母親を心配させまいと、苦痛を表に出さない佐衛門の心中を察し、ヨリは涙を堪《こら》えながら食事や身の回りの世話など、愛する我が子の看病に余念がなかった。源衛門は木材の伐り出し、筏送りで新宮に出て来る度に、山菜や猪肉などの手土産を持参して息子を見舞い、玄伯にも挨拶を欠かさなかった。

十八　永久の別れ

佐衛門の病状が急変したのは、師走が過ぎ年が明けて、梅の花がほころび始めた建暦二年、如月《きさらぎ》半ばの頃であった。食欲が減退し、微熱が続く様になり、睡眠不足のせいか昼間はとろとろとまどろむことが多く、ヨリと言葉を交わすのも億劫《おっくう》がる様になった。玄伯の見立てでは、槍傷の毒が全身にまわり、肺炎を併発しているものと思われ、解毒と熱さましの生薬を投与して様子を見たいとのことであった。

一進一退を繰り返しながら、佐衛門は日に日に痩せ衰え、頬がこけて大きな眼《まなこ》で天井の一点を見つめ、肩で息をする様になった。ヨリは矢も楯もたまらず、何としても息子を助けてほしいと玄伯に哀訴するのだった。薬師によれば、全身の解毒《げどく》は難しく、肺にまで達しているとなれば、或いは手遅れになるやも知れず、薬師として万策を尽くすが予断を許さない状況にあり、ご父君にご来駕《らいが》願う様お知らせした方がよいとのことであった。

新宮からの早追い（速達便）で佐衛門の急変を知り、早馬を駆って駆けつけた源衛門は、見るも哀れな程痩せ細り、文字通り骨と皮だけの「生ける屍」と化した息子の姿に、胸を締めつけられる様な思いを噛み締めながらも、絶望という名の暗雲に心塞《ふた》がれる愚かなる我が心を叱咤《しった》し、佐衛門の眼をじっと見つめて無言の励ましを送った。

源衛門が新宮に張りついて半月が経ち、丹鶴城の桜の蕾がふくらみ始めた弥生・三月五日の夕刻、玄伯からの急報で妻の待つ療養所に駆けつけた源衛門は、半開きの眼で喘ぐ様な息をしながら、父を待っていたかの如く、心なしか安堵の表情を浮かべた佐衛門に深く頷いた。

佐衛門は瞑目したまま喘ぐ様な呼吸を繰り返すものの、縋りつく様に呼びかけるヨリの問いかけに答えもなく、徒《いたずら》に無為の時が過ぎた。ヨリと源衛門の懸命な呼びかけが聞こえたものか、ほんのひと時、落ち着いた兆しを見せ、薬師が座を外して程なく、佐衛門は再び喘ぎ始め、二～三度大きく呼吸した後、喉がゴロゴロと鳴って呼吸が止まった。生きるための最後の闘いは終わったのだ。

「佐衛門、目を覚まして。寝ていないで早く目を覚ましてたもれ。お願いだから起きてたもれ！　起きて我が家へ帰りましょうぞ……」

取り縋るヨリの嗚咽を聞きながら、源衛門は玄伯と目を合わせ頷き合った。

神仏のご加護に頼るしか為す術もない非力な親の願いも空しく、佐衛門の最初にして最後の壮絶なる生への闘いが終わった。ヨリと源衛門は失意と哀切の余生を送るべく、この世に二人取り残された。最愛の我が子を失った母親の悲嘆は深く、見るもの、手に触れるものの全てが在りし日の息子の想い出につながり、涙なしには見ることも語ることも出来ないのだ。

野辺の送りが終わり、親しき人達とも別れ、白木の箱に納まった佐衛門は、三月《つき》振りで三越の我が家に無言の帰宅をした。ヨリは、何時か端午の節句の宵に見た夢に現れた、凛々しい若武者姿の佐衛門（あの頃は源佐と呼んでいた）の姿を思い浮かべ、人知れず悲嘆と哀切の涙に暮れた。

あとがき

　熊野古道について、何か書きたいと思い始めてから、かれこれ十年余が過ぎた。きっかけは、妻と訪ね歩いた南紀めぐりである。旅は、桜がほころび始めた串本の無量寺から始まった。無量寺では、円山応挙の龍虎図などを鑑賞したあと、潮岬から樫野《かしの》へ渡り、海金剛の壮観に心を洗われながら、トルコ記念館を訪ねて知られざる歴史のひと齣《こま》に思いを馳せた。串本へ戻り、橋杭の岩の日没に天地創造の神秘を思いつつ、一日目を終えた。

　翌朝は早々とホテルを後にし、車で那智大社に参詣、日本一の滝を愛でた。那智から瀞《どろ》八丁へ。清流の船旅を楽しんだあと熊野本宮大社に詣で、小栗判《おぐりはん》官《がん》ゆかりの湯峰《ゆのみね》を経て、熊野詣での難路と言われた、中辺路の紀路を田辺まで逆行するルートを辿ったのである。かねて聞き及んではいたが、今にしてなお「蟻の熊野詣で」を彷彿とさせる熊野古道や、点在する王子のたたずまいには強く惹かれるものがあった。以来、熊野に取り憑かれた一人となった筆者は、本書の上梓を思い立ち、筆を取り始めたのである。

本書は、熊野に関しては全くの門外漢である筆者が、幾許《いくばく》かの史実を踏まえて熊野詣でを縦糸に、平家の落人を横糸に歴史ロマンを創造した積もりであるが、浅学非才の身とて史的、地誌的考証その他史実に反し、正鵠を得ない面も多々あろうかと深く自省している。諸賢のご叱責、ご高導を伏してお願いしたいと思う次第である。

末筆ながら、本書の執筆にあたり、資料・文献や助言を頂戴した次の諸賢や研究会・刊行会と諸賢のご労作に、深甚なる謝意を表したい。

あとがき

・熊野の民俗と歴史　杉中浩一郎
・熊野中辺路　歴史と風土　熊野中辺路刊行会
・熊野古道みちしるべ　西　律
・熊野古道を歩く熊野詣で　神坂次郎監修
・大原富枝の平家物語　大原富枝
・熊野中辺路　古道と王子社　熊野中辺路刊行会
・くちくまの　紀南文化財研究会
・田辺市教育委員会文化振興会

著者プロフィール

鏑木 隼人（かぶらぎ はやと）

1933年　台湾新竹市生まれ

1951年　新潟県立糸魚川高校卒業

1955年　金沢大学法学部卒業

1956－93年　防衛庁勤務（退役・1等空佐）

2003年　語学スクール講師

著書

『妻の体調』近代文芸社

杣人

2003年7月15日　初版第1刷発行

著　者　鏑木 隼人

発行者　瓜谷 綱延

発行所　株式会社文芸社

〒160-0022　東京都新宿区新宿1－10－1

電話　03-5369-3060（編集）

03-5369-2299（販売）

振替　00190-8-728265

印刷所　株式会社平河工業社

ISBN4-8355-5982-7 C0093